지퍼가 고장 났다!

SEOUL, 2008

지퍼가 고장 났다!

초판 제1쇄 발행일 2008년 6월 25일
초판 제46쇄 발행일 2022년 3월 20일
글 알랭 M. 베르즈롱 그림 이민혜 옮김 이정주
발행인 박헌용, 윤호권 발행처 (주)시공사
주소 서울시 성동구 상원1길 22, 6-8층 (우편번호 04779)
대표전화 02-3486-6877 팩스(주문) 02-585-1247
홈페이지 www.sigongsa.com/www.sigongjunior.com

ISBN 978-89-527-8618-0 74860
ISBN 978-89-527-5579-7 (세트)

*시공사는 시공간을 넘는 무한한 콘텐츠 세상을 만듭니다.
*시공사는 더 나은 내일을 함께 만들 여러분의 소중한 의견을 기다립니다.
*잘못 만들어진 책은 구입하신 곳에서 바꾸어 드립니다.

KC마크는 이 제품이 공통안전기준에 적합하였음을 의미합니다.
제조국 : 대한민국 사용 연령 : 8세 이상
책장에 손이 베이지 않게, 모서리에 다치지 않게 주의하세요.

지퍼가 고장 났다!

알랭 M. 베르주롱 글 · 이민혜 그림 · 이정주 옮김

시공주니어

| 차 례 |

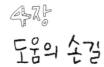
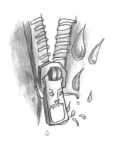

1장
준비 다 됐는데……

준비 다 됐어요.

내가 발표 수업 시간에 맨 먼저 발표할 거예요. 내 성은 아벨(Abel), 'A(에이)'로 시작하거든요. 내 이름은 도미니크고, 아홉 살이고, 2학년이에요.

아주 좋지는 않지만, 그래도 첫 번째가 나아요. 맨 먼저 하니까 빨리 끝나거든요. 내 친구 앙토니처럼

성이 발루아(Valois), 'V(브이)'로 시작하지 않아서
얼마나 다행인지 몰라요. 앙토니는 우리 반에서 맨
끝 번호예요. 하지만 선생님이 순서를 거꾸로 하면

달라져요. 그러면 내가 맨 마지막 차례가 돼서 한참
기다려야 해요. 그때만큼은 내 성도 발루아였으면
좋겠어요.

나와 앙토니 사이에는 알파벳 글자 수와 비슷하게 학생들이 스물다섯 명 있어요. 발표 수업 시간에는 늘 생각지도 못한 일이 일어나요. 몇 주 전에는 자기가 가장 좋아하는 동물을 소개했는데, 소피가 데려온 햄스터가 우리에서 도망치고 말았어요. 샤를르가 데려온 동물이 문제였어요. 녀석이 가장 좋아하는 동물은 고양이거든요. 고양이는 워낙 빠르잖아요. 특히 배고플 때는요!

열 받은 소피는 다음번에는 덩치 큰 사냥개를 데려와서 그 고양이를 가만두지 않겠다고 씩씩댔어요. 하지만 마르틴이 가져온 곤충 수집물에 혀를 날름거린 사무엘의 개구리보다는 나았어요!

오늘 발표 수업의 주제는 '내 인생 최고의 날'이에요. 어렵지 않아요. 내 인생 최고의 날은 동생 이사벨이 태어난 날이니까요. 난 동생이 태어났을 때 너무 좋아서 아빠와 함께 울었어요.

어제 나는 엄마와 발표할 이야기를 적었어요.
그러고는 같이 두 번 읽었어요. 엄마는 발표 잘하는
법을 가르쳐 줬어요. 아, 정확한 이름은

잊어버렸는데 그림을 그리며 단어를 기억하는 방법이에요. 예를 들어 이사벨하면 나는 기저귀를 그렸어요.

나는 엄마가 알려 준 방법으로 글을 두 번 읽고, 그다음에는 종이를 보지 않고 얘기했어요. 세 번째는 완벽하게 외워서 말했지요.

나는 밤에 베개 밑에 원고를 깔고 잤어요. 아침에 일어나서 베개 밑을 보니 종이가 꼬깃꼬깃 구겨져 있었어요. 됐어요. 머릿속에 몽땅 새겨졌을 거예요.

나는 친구들 앞에서 사랑하는 동생에 대해 또랑또랑 얘기할 준비를 마쳤어요. 발표 수업은 쉬는 시간이 끝나면 나부터 시작해요.

아침에 오렌지 주스를 너무 많이 마셨나 봐요. 나는 쉬는 시간에 친구들과 운동장에 나가려다 화장실부터 달려갔어요.

앙토니가 불렀어요.

"어디 가, 둠둠?"

둠둠은 내 별명이에요.

"어. 앙토니, 금방 갈게."

화장실에서는 메아리가 울려요. 화장실, 화장실, 화장⋯⋯ 우리 집보다 더 잘 울려요. 온갖 이상하고 재미있는 소리도 들려요. 여학생 화장실도 이런지 궁금해요. 하지만 화장실에서는 늘 안 좋은 냄새가

나서 너무 오래 있으면 안 돼요.

　나는 발표할 이야기를 연습하면서 목표물을 잘 조준해서 한 방에 맞혔어요. 오줌을 다 누고 물을 내렸어요. 무시무시한 소리가 났어요. 꼭 변기가 날 삼키려는 것 같아요.

　"지금까지 내 얘기를 들어 줘서 고마워."

　좋아요, 이만하면 됐어요.

　준비 다 됐어요!

　하나만 빼고요!

　에이, 씨!

2장
아주 작은 문제

'이건' 아주 작은 기술적인 문제예요. 아니, 아주 작은 문제가 아니라 엄청나게 큰일이에요.

'이건' 다름 아닌 지퍼 문제예요. 지퍼가 말을 듣지 않아요. 냉큼 올라오기 싫대요. 계속 밑에 있겠다고 고집을 피워요.

아무리 잡아당겨도 소용없어요. 꼼짝도 안 해요.

이 상황이 놀랍기보다 웃겨요.

정말 코미디 같은 상황이에요.

'그럼 왼손으로 해 볼까?'

그렇지! 좋은 생각이에요.

왜 진작 생각하지 못했을까요?

왼손은 심장이랑 같은 쪽이잖아요.

쿵쾅쿵쾅 심장 뛰는 소리에 맞춰 지퍼를

올리면 쭉 올라올 거예요. 그럼

당장 운동장에 나가 친구들과

축구를 할 수 있을 거예요.

조심조심. 지퍼야, 올라올

준비 됐지……

에이, 씨!

지퍼가 단단히 고장 났나 봐요.

남대문은 계속 열려 있어요.

뭐든 올라가면 다시 내려와야

하잖아요. 그 반대도
마찬가지고요!

　이제 그저 웃을
일이 아니에요. 화장실
안은 후덥지근했어요.
이마에 땀방울이
송골송골 맺혔어요.
나는 휴지로 땀을
닦았어요. 제발 기적이
일어나길!

　난 다시 맘을 단단히
먹고 지퍼를 꽉 잡아 있는
힘껏 올렸어요.

　움직였어요! 그래요,
움직였어요. 눈곱만큼요. 아직
한참 멀었지만 그래도 반쯤은

올릴 수 있을 것 같아요. 그 정도만 돼도 괜찮아요.

작은 성공에 힘입어 나는 다시 시도했어요.

잡아당기고 당겼어요.

더는 움직이지 않아요.

헛수고예요. 꼭 시멘트 바닥에 박힌 것 같아요.

3장
쉬는 시간이 끝났어

차라리 화장실에서 얼른 나가는 편이 낫겠어요.
집으로 부리나케 뛰어가서 새 바지로 갈아입고 오면
발표 시간에 도착할 수 있을 거예요.

하지만 먼저 학생 주임 선생님의 허락을 받아야
해요. 그리고…….

쉬는 시간이 끝나는 종이 울렸어요. 너무 늦었어요.

아, 안 돼!

아이들이 학교로 들어와 시끌벅적하게 교실로 가는 소리가 들렸어요.

나도 가야 하나요? 이런 꼴로? 어떻게?

안 돼! 난 나가지 않았어요. 남대문을 열어 놓은 채 애들 앞에 설 수는 없어요. 게다가 오늘따라 무지 화려한 팬티를 입었단 말이에요. 형광색이라 눈에 확 띄어요.

친구들을 똑바로 쳐다보며 당당하게 들어가면 어떨까요? 아니에요. 그러면 애들이, 특히 여자 애들이 부끄러워서 고개를 숙일 거예요. 장난꾸러기 남자 애들은 깔깔대며 놀릴 게 틀림없고요.

내 친구 샤를르라면 끄떡도 안 할 텐데. 녀석은 점수만 더 준다면 수영복 차림으로도 애들 앞에 나설 거예요. 팬티만 입고서도요!

원고로 남대문을 가릴까요? 아니, 외워서 해야

하니까 안 돼요!

야구 모자를 가져왔다면 모자로 자연스럽게 가릴 텐데…….

아니, 그것도 아니에요. 학교에 모자를 쓰고 오면 안 돼요. 더구나 발표할 때는 손동작도 해야 해요. 그래야 쥬느비에브 선생님이 좋아하거든요. 나는 '내 동생 이사벨을 이만큼 사랑해요.'라고 말하면서 두 팔을 쫙 벌릴 생각이에요. 그럼 앞이 훤히 다 보이겠지요.

아, 좋은 수가 있어요. 뒤돌아서 칠판을 보고 말하면 돼요. 특이해서 특별 점수를 받을지도 몰라요.

안 돼요. 이제껏 아무도 그런 적이 없어요.

아, 좋은 생각이 났어요!

윗옷을 될 수 있는 한 밑으로 쭉 잡아당기면 돼요. 괜찮은 생각이에요.

이 방법이 제일 나아요. 딱 한 가지만 빼면요. 옷이 너무 짧아서 남대문까지 가릴 수가 없어요. 윗옷을 벗어서 허리에 두르면 어떨까요? 아니, 아니, 안 돼요. 그러면 여자 애들이 내 근육 없는 몸을 다 보게 돼요. 짓궂은 여자 애들은 내 갈비뼈 개수까지 세 보겠지요…….

정전이라도 되면 좋을 텐데. 깜깜해서 아무것도 안 보일 테니까요! 하지만 일기 예보에서 다음 겨울까지는 폭풍우가 안 온댔어요.

아, 차라리 수두라도 걸리면 좋겠어요.

4장
도움의 손길

화장실은 점점 더 갑갑해졌어요. 내가 있는
자리가 줄어드는 것 같았어요.

지금쯤 친구들은 모두 제자리에 앉아 있고,
선생님은 출석을 부르려고 할 거예요.

"둠둠?"

내 친구 앙토니예요!

"앙토니! 여기야!"

문 밑으로 앙토니의 눈처럼 파란 실내화가
보였어요.

"어디 아파? 왜 그렇게 오래 있어?"

"아픈 거 아니야."

"그럼 거기서 뭐 해? 쥬느비에브 선생님이 너
찾고 있어. 문이 안 열려?"

앙토니는 화장실이 울릴 정도로 문을 쾅쾅
두드렸어요.

"아니야! 문 때문이 아니야."

"그럼 뭐야?"

"어……."

친구한테 말해야 할까요? 선택의 순간이에요.
나는 기어들어가는 목소리로 말했어요.

"지퍼가 고장 났어……."

"뭐라고?"

"지퍼가…… 안 올라와!"

나는 대답을 기다렸는데, 생각만큼 빨리 오지

않았어요.

"앙토니? 너 거기 있는 거야?"

"어…… 어…… 으하하!"

앙토니는 화장실이 떠나갈 듯이 웃었어요.

"으하하! 하! 하! 하!"

이번에는 내가 문을 두드렸어요.

"야! 나 심각해! 나갈 수가 없다고!"

다시 조용해졌어요.

"나…… 나갈 수 없다고? 화장실에서?"

앙토니는 다시 웃음을 터뜨렸어요. 아까만큼이나 참을 수 없나 봐요. 나는 씁쓸히 웃었어요.

앙토니가 말했어요.

"잠깐만! 나도 일 좀 보고."

앙토니는 옆 칸으로 들어갔어요. 끝도 없이 오줌을 누더니 물을 내리고 나왔어요.

"도와줄까?"

"응. 네가 나라면 어떻게 하겠어?"

"아, 그래. 좋은 수가 있어. 소방관 아저씨를 부르자! 지난겨울 전신주에 네 혀가 붙었을 때 소방관 아저씨들이 왔잖아. 번호가 912였던가?"

"아니, 911(캐나다의 응급 구조 전화번호는
911이다 : 옮긴이)이잖아! 이건 911에 신고할 일이
아니야. 일단 교장 선생님을 찾아봐!"

"금방 올게. 거기 있어."

웃음을 꾹 참고 나가는 앙토니의 발자국 소리가
멀어졌어요. 같은 상황을 바라봐도 사람들의 생각은
참 다른가 봐요. 난 속상해 죽겠는데, 앙토니는 뭐가
그렇게 웃기는지 모르겠어요.

그래도 반 전체가 사진 찍는 날이 아니라서
얼마나 다행인지 몰라요. 나는 키가 작아서 맨
앞줄에 서야 하거든요. 자, 움직이지 말고, 찰칵!

나는 변기 물을 내리면서 시간을 보냈어요.
자세히 보니까 물이 시계 반대 방향으로 돌면서
내려가요. 지구 반대편에 있는 오스트레일리아에서는
이 반대겠지요. 나중에 선생님한테 물어봐야겠어요.

네 번쯤 물을 내렸을 때 앙토니가 지원군을
데리고 왔어요.

"둠둠. 교장 선생님은 수업에 들어가셔서 자네트
비서 아줌마랑 왔어."

자네트 아줌마가 문을 두드렸어요.

"도미니크…… 아, 도미니크. 어떻게 된 거니?"

"아…… 아니에요. 괜찮아요! 그리고 너, 앙토니, 그만 좀 웃어!"

자네트 아줌마는 착해요. 하지만 여자잖아요. 아줌마지만…… 우리 엄마처럼 늙었지만…… 여자라서 안 돼요.

또 다른 목소리가 들렸어요.

"앙토니…… 도미니크를 찾았니?"

아, 안 돼! 우리 담임선생님, 쥬느비에브 선생님 목소리예요.

앙토니가 한 음절씩 끊어서 말했어요.

"둠둠! 선, 생, 님, 이, 오, 셨, 어!"

일이 이상하게 꼬였어요.

쥬느비에브 선생님이 문을 두드리고 두드렸어요.

"도미니크, 어서 나와!"

"나갈 수가 없어요! 제발, 문 좀 그만 두드리세요!"

선생님이 시험 칠 때 같은 목소리로 물었어요.

"무슨 일이니?"

"저…… 발표 수업 준비를 못했어요."

진실을 털어놓느니 차라리 거짓말을 하는 편이 나아요.

문 밖에서 속닥거리는 소리가 들렸어요. 귓속말로 슬쩍 답을 가르쳐 줄 때와 같은 앙토니 목소리예요. 이어서 웃음을 참는 소리가 들렸어요. 선생님도 못 참겠나 봐요.

문 밖에서는 잔치라도 열린 모양인데 난 정말 울고 싶어요! 웃음거리 광대가 된 기분이에요.

내 기분은 끝도 없이 바닥으로 떨어졌어요. 비참해요…….

5장
복잡하지만
절망적이지는 않아

오 분 뒤, 우리 반 아이들이 죄다 화장실로
몰려왔어요. 타닥타닥. 문 앞으로 모여드는
친구들의 실내화 소리가 들렸어요. 호기심 많은
여자 아이들 소리도요.

상드린이 물었어요.

"거기서 뭐 하는 거야?"

　내 사정을 알아차린 아이들은 웃음을 참지 못하고
킥킥거렸어요.

　난 쥐구멍에라도 숨고 싶었어요. 이제 어떻게
친구들 얼굴을 보지요? 나는 평생 화장실에서
살아야 할 거예요. 감옥처럼 화장실 문 밑으로
음식을 받아먹겠지요. 여기서 먹고, 마시고, 자고,
앉고, 씻고, 늙고, 죽어 갈 거예요. 친구들은 내 재를

변기에 뿌리며 '안녕, 친구여!' 하고 노래를 부르고 물을 내리겠지요.

선생님은 아이들을 조용히 시켰어요.

"자, 도미니크. 어서 나와라."

"야, 둠둠. 난 네가 일부러 안 나온다고 생각하지는 않아."

앙토니가 한 말에 아이들이 다시 키득거렸어요.

"선생님, 제가 바지를 벗어 주고, 저 안에 있으면 안 될까요?"

뾰족한 목소리를 보니 자비에 보리외예요. 저 녀석, 발표하기 싫어서 잔꾀를 부리는 거예요. 자비에는 발표 수업을 끔찍이도 싫어하거든요. 게다가 바로 내 다음 차례니까요. 알파벳 순서로 아벨(Abel) 다음이 보리외(Beaulieu)예요. 하지만 선생님은 넘어가지 않았어요. 그리고 녀석과 난 바지 치수도 달라요.

"친구를 도우려는 마음은 좋지만 수업을 빼먹으면
안 돼."

"선생님, 정말 억울해요. 사실 제 성은 보리외가
아니라 자비에라고요. 출생 신고서를 잘못 적는
바람에 이름과 성이 뒤바뀐 거예요!"

선생님이 딱 잘라 말했어요.

"A 다음에는 B(비). 보리외의 B야! 억지 쓰지 마!"

나는 훌쩍이며 말했어요.

"선생님, 저 정말 열심히 준비했는데……
속상해요."

"도미니크, 선생님한테
좋은 생각이 있는데, 그
안에서 발표하면
어떻겠니?"

"이렇게 문을 닫고요?"

"그래, 어때?"

아주 좋은 생각이에요. 왜 진작 그 생각을
못했을까요?

"좋아요!"

나는 아이들 앞에 서 있다고,
물론 지퍼도 다 올렸다고
상상했어요. 머릿속으로
친구들이 얌전하게 앉아
있다고 생각했어요. 나는
엄마가 가르쳐 준

방법대로 발표할 얘기를 떠올렸어요.

"안녕, 친구들! 내 인생 최고의 날에 대해 얘기해 줄게. 오늘은 빼고(이건 방금 떠올린 말이에요). 내 인생 최고의 날은 내 동생 이사벨이 태어났을 때야. 이사벨은 빨갛고 쭈글쭈글하고 이도 하나 없었지만, 웃음만큼은 세상에서 가장 예뻤어. 난 엄마 아빠 허락을 받고 동생을 안아 볼 수 있었어. 동생을 안으면 팔뚝에 근육이 불끈 생겨. 동생이 내 방에서 자기 때문에 난 지하에 있는 방으로 옮겼어. 안 그러면 엄마처럼 밤에 잠을 잘 수 없거든. 그래도 난 동생을 이만큼 사랑해!"

쾅!

동생을 얼마나 사랑하는지 보여 주려고 두 팔을 활짝 벌리다 벽에 부딪쳤어요.

"지금까지 내 얘기를 들어 줘서 고마워."

난 더듬지 않고 한 번에 잘 끝냈어요. 내가

준비했던 대로 다 되었어요. 거의…….

친구들이 박수를 쳐서 난 깜짝 놀랐어요. 너무
기분이 좋아서 내가 어디 있는지 깜빡 잊고 고개를
푹 숙였어요. 원래 인사까지 준비했거든요.

쾅!

이번에는 문에 머리를 박았어요. 아야!

정말 바보 같지요. 하지만 아무도 못 봤어요.

선생님이 말했어요.

"브라보! 도미니크! 정말 잘했어. 이제 거기서
나오는 일만 남았구나."

"다들 거기서 뭐 해요?"

관리인 로저 아저씨의 컬컬한 목소리예요.
선생님은 로저 아저씨에게 어떻게 된 일인지
설명했어요. 복잡하지만 절망적이지 않은 상황을요.

"알겠어요…… 알겠어요…… 알겠어요……."

문 아래로 아저씨가 일할 때 신는 구두가

보였어요.

　아저씨는 밑으로 손을 뻗어 작은 통을 건넸어요.

　"재봉틀 기계에 쓰는 윤활유란다. 지퍼에 몇
방울만 떨어뜨려 봐."

　나는 아저씨가 시키는 대로 했어요. 바지에 묻지
않게 기름을 조심스럽게 지퍼에 떨어뜨렸어요.

크게 숨을 들이마신 다음에
천천히 지퍼를
올렸어요.
　지퍼가 올라와요!
만세!
　난 병을 높이 들고
흔들면서 밖으로
나왔어요.
　나는 기뻐서
계속 소리쳤어요.

"와!", "굉장해요!", "지퍼가 올라왔어요!"

나는 고맙다고 연거푸 인사하며 아저씨한테

윤활유 통을 돌려줬어요.

"선생님, 이번에는 제 차례예요."

자비에 보리외가 자신 있게 나서서 다들 깜짝

놀랐어요.

자비에는 얼른 화장실로 들어가 문을 닫았어요.

그러고는 발표를 시작했어요.

"안녕, 친구들! 내 인생 최고의 날을 얘기해

줄게."

화장실이 교실로 변한 건 우리 학교가 문을 연 뒤로 처음 있는 일이었답니다.

또? 으악!

난 점심을 먹으러 집에 갔어요. 이사벨에게 뽀뽀하고 엄마 아빠에게 오늘 아침에 있었던 황당한 일을 이야기했어요. 다들 웃음을 터뜨렸어요.

학교에 가기 전에 화장실에 들러야 했어요. 우유를 너무 많이 마셨거든요.

"아, 안 돼! 또? 으악!"

부엌에서 엄마가 물었어요.

"우리 아들, 무슨 일이니?"

"지퍼가……."

"왜? 지퍼가 또 안 올라와?"

"아니요, 엄마. 지퍼가…… 안 내려가요!"

나는 곧 닥칠 빗줄기를 참으며 콩콩 뛰었어요.

작가의 말

어렸을 적에 발표 수업을 좋아했다고는 말할 수 없어요. 간신히, 겨우 했으니까요!

사람들 앞에서 말할 일을 생각하고 오들오들 떨기만 했지요. 아무리 친구들 앞이라도요. 미리 써서 연습하고 외워도 말짱 소용없었어요. 선생님이 이름을 부르면 깡그리 잊어버렸거든요. 또 내 차례는 어찌나 빨리 오던지…….

생각이 난다 해도 띄엄띄엄해서 절절맸어요. 부끄러움도 많이 타서 발표 수업 때마다 어떻게 해야 할지 몰라 끙끙댔지요.

하지만 내 차례가 끝나면 자리로 돌아가 친구들이랑 똑같이 굴었어요. 나머지 친구들이 발표할 때 짓궂게 장난치며 웃어 댔죠!

알랭 M. 베르즈롱

옮긴이의 말

도미니크는 오늘 있을 발표 수업을 완벽하게 준비했어요. 하지만 화장실에서 바지 지퍼가 고장 나는 바람에 옴짝달싹 못하게 되지요. 그 뒤로 재미있는 일이 줄줄이 일어나요. 도미니크가 당황하는 모습이 얼마나 실감 난지 어린이 여러분은 깔깔대며 이야기 속에 빠져 들 거예요. 도미니크가 어떻게 화장실에서 빠져나오는지, 열심히 준비한 발표 수업은 어떻게 할지 궁금해하면서요.

책 읽는 재미를 한껏 느끼게 하는 이야기 말고도 이 책은 발표 수업을 앞둔 어린이들의 마음을 참 잘 그려 냈어요. 저도 발표 수업이 얼마나 싫었는지 몰라요. 어른이 된 지금도 사람들 앞에서 말하는 일은 여전히 떨려요. 옛날보다는 많이 나아졌지만 그래도 전 글로 쓰는 편이 훨씬 좋아요. 그래서 재미있는 다른 나라 이야기를 우리말로 옮기는 번역가가 되었나 봐요.

이정주